书有道 ● 阅无界

蔷薇的心事

王宝娟 ◎ 著

中国文联出版社
http://www.clapnet.cn

图书在版编目（CIP）数据

蔷薇的心事 / 王宝娟著 . −− 北京：中国文联出版社，2017.2
ISBN 978−7−5190−2574−8

Ⅰ. ①蔷… Ⅱ. ①王… Ⅲ. ①诗集−中国−当代 Ⅳ. ① I227

中国版本图书馆 CIP 数据核字（2017）第 036312 号

蔷薇的心事

作　　者：王宝娟			
出 版 人：朱　庆		策 划 人：邹雄彬
终 审 人：奚耀华		复 审 人：曹艺凡
责任编辑：邓友女		特邀编辑：邹雄彬
封面设计：阅客·书筑设计		责任印制：陈　晨

出版发行：中国文联出版社
地　　址：北京市朝阳区农展馆南里 10 号，100125
电　　话：010−85923078（咨询）85923000（编务）85923020（邮购）
传　　真：010−85923000（总编室），010−85923020（发行部）
网　　址：http://www.clapnet.cn　　http://www.claplus.cn
E − m a i l：clap@clapnet.cn　　　dengyn@clapnet.cn
印　　刷：广州市骏迪印务有限公司
装　　订：广州市骏迪印务有限公司
法律顾问：北京天驰君泰律师事务所徐波律师
本书如有破损、缺页、装订错误，请与本社联系调换

开　　本：787×1092		1/32
字　　数：104 千字		印　张：11
版　　次：2017 年 2 月第 1 版		印　次：2017 年 2 月第 1 次印刷
书　　号：ISBN 978−7−5190−2574−8		
定　　价：39.80 元		

目　录
CONTENTS

蔷薇的心事

宝娟诗歌文本浅析

■ 陵少①

　　因为一个非常偶然的机会，读到了阿樱的《迷失的药香》，写了一篇赏析文章，从而跟惠州诗歌结下缘分；又因为阿樱，结识了在惠州写诗的宝娟，认真读了她的诗集之后，结合自己近年在诗歌写作过程中的思考，简单谈一下阅读体会。

---

　　① 陵少：诗人，男，1974 年生，汉族，本名任善武，垄上花开文学沙龙创始人之一，现居荆州，与荆州籍诗人杨章池、铁舟共同主持《荆州晚报》的《垄上诗荟》周刊。

一、日常生活的诗意发现

　　在日常生活中发现诗意，是一种能力，但这种发现，并不能将生活中的诗意转变成诗，要想实现这种转变，那就必须进行语言转换，让语言来抹去日常生活中非诗的痕迹。就如张执浩所说："诗歌永恒的意义就在于它能够反复擦亮我们尘垢弥漫的生活，如果诗人没有这种语言的擦拭能力，他的写作基本上就是无效的。而有效的写作应该是永葆好奇之心，且能传递日常生活的新奇之美的写作。"

　　毫无疑问，宝娟具备这种发现诗意，并将之转变的能力，她能够在日常的生活中，在散步、喝茶、品咖啡的过程中，对心中的点点滴滴进行记录，并用诗歌的语言进行转换，给我们呈现出诗的美好，这是一种能力，同时也是一种良善、一种美好。

下面，我们以一首作品为例，进行文本解析：

一个场景

不远处的马路上
我看见一匹小马照镜子

它的眼中：矢车菊温暖
夕阳，把昨日的忧愁
从肋骨里掏了出来

我的身体轻盈得有些空旷

那时，我正在揣摩一句诗

但我似乎已忘记

如何去诉说一个动词

可以说，这是一个非常常见的日常生活场景，我们每个人可能都遇到过类似的画面，但是，作为诗人，她却将它转化成了一首不错的诗。

大家可以看到，起句"不远处的马路上 / 我看见一匹小马照镜子"写实，以一个很平常的生活场景开始，也许小马根本就是在镜子边上吃草或者是在做其他事情，压根儿就没有照镜子，但是通过"我看见"进行了转换，让诗意一下子呈现出来了。第二节，"它的眼中：矢车菊温暖／夕阳，把昨日的忧愁／从肋骨里掏了出来"，这里是细节处理，呈现出来的细节可以说既是小马眼中的，更是作者眼中的，通过一种隐性的通感，非常巧妙地实现了视线的转换，从小马转到作者，明写夕阳，其实是暗写自己的内心感触，尤其是一句，"把昨日的忧愁／从肋骨里掏了出来"摄人心魂，美妙之至！第三节，"我的身体轻盈得有些空旷"这句是用来承接第二节的，里面用了一个"空旷"，这本来是个大词，但是因为有"轻盈"进行了铺垫，再加上前面细节的烘托，一点也不显得空，反倒是恰到好处，接着"那时，我正在揣摩一句诗"把视线从虚中转到实处来，然后再转到"但我似乎已忘记／如何去诉说一个动词"一个具体的点上，一下子把时间定住，把诗意立了起来，让全诗贯通，让整首诗变得丰盈，充满想象力。

另外，日常生活的诗意发现，绝对不是简单的发现，也不是简单的生活的罗列，而是通过内心的转换，把自己内心独有的体验，通过词语，通过词语之间的碰撞、摩擦、放大、缩小等等处理，让它产生温度、产生空间感、产生陌生化的效果，然后把它呈现出来。显然在这上面，宝娟做得非常好，并且有这个天赋。

二、女性视角的抒情本质

诗歌的女性视角，一直是民间的一种观念，到底什么是女性视角？一直没有一个准确的概念，但是普遍在某些方面，却能够达到一种共识，比如说：感情细腻、敏感、柔软，抒情性强，充满个人特质。宝娟的诗，这些特征就非常显著，她的感情细腻、色彩丰富、情绪饱满，题材也都是从日常生活中的女性视角入手，没有什么宏大叙事，都是生活中的小东西、小情绪，诗里面有着女性的柔软，有温度，具有典型的抒情诗的特质。

但恰恰是"上帝偏爱小东西"，她通过生活中的这些小东西，从一个细小的切入点切进了我们当下的情感当中，然后再用传统抒情的一些方式，去展开，把生活的感触代入进来，给我们呈现了美，给我们带来了柔软，下面我们以一首《樱之诗》进行展开：

樱之诗

櫻花时节，雨是绿的
绯红的花瓣
在奇妙的热情里燃烧

我的血液里
灵魂是一只蜜蜂
发出嘤嘤之声

　　"樱花时节，雨是绿的"，雨如何是绿的？起句看
似漫不经心，其实一下子就把你震住了，极其具有色彩
和画面感，接着一句"绯红的花瓣"更是给你营造了一

个既真实，又充满色彩的想象空间，让画面一下子变得丰富起来；"在奇妙的热情里燃烧"，通过"奇妙的"，作者一下子把视线从实处切到虚里，切到了"热情"里面，切到了自己的情绪之中。接着在第二节"我的血液里/灵魂是一只蜜蜂"，一下子就把整首诗的格局放大了，明明是眼前看到的蜜蜂，一下子就转换成了血液中的灵魂，这种语言的转换，非常要命，让人觉得惊艳！最后，用"发出嘤嘤之声"，再次把画面定格，回到具体的时间点上，从空间回到时间之中，让整首诗浑然天成。

三、诗与美的不经意邂逅

一首好诗的诞生，在某种程度上都具有一定的偶然性，或者说都是诗人与生活、与美的一种不经意的邂逅，南宋诗人陆游的《文章》诗中所道"文章本天成，妙手偶得之"，说的就是这个道理。但是这种偶然，里面一定有着必然的因素，那个必然，就是语言的准备、视野的抵达，这里面需要前期的、大量的、细致的观察，及阅读与写作的训练。

宝娟的这本诗集中，有不少的好诗，下面我们就以《斜阳》为例，进行进一步赏析：

斜　阳

斜阳、苇影
将我框入傍晚的湖畔

  蔷薇的心事

小狗享受着安静的时光
它刚洗不久的绒毛
让世界变得轻盈

微醉的风
望着天边的云彩
试图替我
将美好拭去

起句"斜阳、苇影"，用了两个名词，形成一个构图，用词极简，用"斜阳"交代了时间，用"苇影"交代了地点，接着"将我框入傍晚的湖畔"，把"我"代入到诗中，实现了视线的转换，并进一步确定了时间与空间；就在你以为她会沿着"我"去进行展开的时候，第二节她突然用"小狗享受着安静的时光"把视线荡开，"它刚洗不久的绒毛／让世界变得轻盈"果真是这样吗？当然不是，世界变得轻盈，是内心的感受，绝不是因为它刚洗的绒毛所致，而是因为作者的感观发生的变化。第三节，又从虚中转到实处去，用"微醉的风"实现了这个转换，同样，风是不会微醉的，微醉的一定是人，也一定不是风望着云，而一定是人，但人望着云，就不是诗的语言，而"微醉的风／望着天边的云彩"这就是诗的语言。最后用"试图替我／将美好拭去"把全诗收住，用"试图"的否定进行语意的转换，来表达将美好留住的真实意图，这种处理方式，很高级，也很自然。

四、小空间里的诗意传递与扩展

关于诗里面的空间性，中国诗人中最早、最明确地提出诗的空间性的是杨炼。杨炼在二十世纪八十年代初写下《智力的空间》一文。他在很多地方都强调过诗歌的空间性的观念，并对此进行了广泛的探索。在国际学术界，自二十世纪六十年代起开始有了"空间的转向"。它针对的是人类文化、思想和社会意识中对历史性和社会性的单向强调，而对空间性严重忽视的倾向，这当然是不争的事实，历史感乃是传统文化和思想的核心。对"空间"的重新发现，最早是法国文化地理学家列斐伏尔，他在对现代社会的都市化研究中，发现空间并非先在的、不言自明的存在，它是由人类社会"生产"出来的，社会生产空间，空间亦生产社会。后来美国学者索亚从他的《空间的生产》一书总结出一种包括空间性、历史性和社会性的"三元辩证法"和空间认识论。

　　宝娟的诗中，一般都有两条轴线，一条是时间的轴线，一条是空间的轴线，她的诗一般情况下都是局限于一个小的有限空间，但是难能可贵的是，她通过语言的转换，实现了小空间里的诗意传递与扩展，下面我们以《光影》为例，进行赏析：

光　影

天空亦晴亦暗

画面中
有金色的阳光

清风、鸟语、流云
切换着叶子的镜头
在手掌和掌肌之间
时光
从忙碌中逃脱

另一个维度里
我是一只缓行的蜗牛
在飞逝的光影中
化成了一片云、一朵花、一只飞鸟

每一个池塘、每一条小溪、每一尾金鱼

都充满了力量

每一个瞬间都定格了

在我出神的一小会儿

新的秩序出现了

镜头里

世界那么新鲜

那么美好

　　"天空亦晴亦暗／画面中／有金色的阳光"，第一
节里面的空间，她通过语言的转换，让空间坍塌，将它
平面化。第二节，通过"清风、鸟语、流云／切换着叶

子的镜头"将这种平面化打散，让空间随着镜头的变化，有了纵深感和层次感，让没有形态和"清风、鸟语"和有形态的"流云、叶子"进行契合，然后通过"在手掌和掌肌之间／时光／从忙碌中逃脱"让时间让位于空间，把时间这条轴线模糊化处理。第三节"另一个维度里／我是一只缓行的蜗牛"，那么另一个维度是什么呢？显然就是空间，而我也并不是真正的蜗牛，而很可能是看到了一只蜗牛、一片云、一朵花、一只飞鸟，从而将自己代入诗中，进行了语言的转换，再通过"每一个池塘、每一条小溪、每一尾金鱼／都充满了力量／每一个瞬间都定格了"来实现从空间到时间的转换，最后定格在时间之中。当然，这里还没有结束，在最后一节，她又通过"在我出神的一小会儿／新的秩序出现了："实现了从时间到空间的再次转移，在"镜头里／世界那么新鲜／那么美好"回到空间里面，回来虚中去，把全诗收住，给人留下了无空的想象空间。

五、未来写作过程中需要解决的问题

认真阅读宝娟的诗集，让我有很大的惊喜，尤其得知她这些诗的创作时间都是在今年，更是让我有了一种横空出世的惊喜。当然她的诗里面，也有不少的问题需要解决，比如说：1. 题材的多样性问题；2. 由自发向自觉的写作转换问题；3. 有意识提高写作难度的问题；4. 复合叙述视线的问题；5. 作品的深度体验问题等等，但我们相信，假以时日，她是一定能够在未来的学习和创作中，解决这些问题的。

　　我衷心地希望并且坚信，在今后的学习和写作过程中，王宝娟的前途一定是不可估量的，她一定能够通过大量的阅读、交流、写作，自觉地去解决上述问题，实现突破，不断进步，形成具有个人特质的诗风，成为一位优秀的诗人！

于荆州

2016年11月22日

赋予生活诗意的多种可能
——对宝娟诗歌的一次解析

■ 东伦①

　　生活的细节一直以来是诗人还原思考、关注人性、感知生命、呈现诗歌态度的节拍器。当然，生活也是诗歌语言繁衍生息的优质土壤。只有熟悉这块土壤自然法则的人，才能熟练地在这块土地上耕种、生活、坚守、

────────

　　① 东伦：原名贾东伦。河南舞钢人。1975年出生，本地报社记者。有作品散见于《外省》《牡丹》《中国诗歌在线》等杂志、诗歌读选本。

远望。诗歌是对生活的还原，也是对语言艺术高度的探索，或者说是对生命深刻思考的佐证，这里就出现了诗歌宗教的信仰阐释。每个人都需要宗教作为自身精神的支撑，人一旦失去信仰，生活将失去了颜色。

故此，诗歌被人们誉为"文学殿堂塔尖上的明珠"，并被诗人称为"一个人的宗教"，就不难解释了。诗人如何写出优秀的诗歌，将内心无法言说的思考通过诗歌载体呈现出来呢？"诗歌的任务，不在于叙述实在的事件，而是在叙述的可能——就是依据着真实和必然性的法则而可以发生的事件。"（亚里士多德语）

宝娟的诗歌，这是我第一次阅读，刚开始读完觉得并未有新奇之处，更没有先锋诗歌特有的气质和语言强烈的撞击感，反倒觉得有浓烈的生活气息，非常接地气，还可以说有较强的亲和力。宝娟的诗歌大多随心而动，随心而出：一草一木、一沙一石、一人一物，信手拈来，读来舒服。此时，也让我想起阿根廷诗人博尔赫斯对诗歌的阐述：诗歌是内心的流动。没错，诗人宝娟正是通过对生活的观察和对生活的感悟，让朴实无华的语言呈现出诗歌多种可能的纬度。

生　活

阳光照进窗子，我开始
制作早餐
咖啡、糕点、水果拼盘

翻开新的日子……

　　再平常不过的一天，好像并没有更多值得骄傲的。但是诗人通过"阳光"来唤醒"新日子"，通过外部的（阳光）干预，唤起内心的苏醒，让慵懒的生活节奏完美地呈现了出来。如此美好的开始要干些什么呢？此时，诗人把咖啡、糕点、水果拼盘作为一天生活的开始（生活的苏醒），让静态的词语通过动作的时间加速度，让看似平常的早晨有了生活的气息和呼吸。此时，这里让我看窥见诗人布置的房间生活，浪漫、舒心、和谐。这种如此惬意的早晨还在继续：

我每天都这样享受着花香鸟鸣

享受着干净、质朴的时光
我悉心对生活摆出新花样
不曾厌烦地和他一起品尝……

　　每天都在享受花香鸟鸣，该是多么感性的人才能体
会到如此幸福的生活？美好的不仅仅是外部环境对生活
的答辩，也是享受生活、感知生活给予的可能。所以诗
人如一个身怀绝技的厨子（生活的手艺人），摆出各种
花样，和爱的人一起享受、品尝、回味。所以诗人说：

所有诗人歌唱过的
鲜花、蜡烛和爱情
都会在生活里复活

  蔷薇的心事

它们比诗歌本身
更加令我回味

　　是呀，诗歌本身不就是生活的复活吗？既然此时能
让生活体现生活的价值和意义，我们就好好享受它、爱
护它、经营它。生活幸福、家人安好、事业顺心，不就
是我们想要的生活嘛！平和的人生观和价值观可以直接
影响一个人的生活态度，也可以让一件平常不过的小温
暖、小感动，发挥它不可限量的大作为、大能量。从生
活中发现诗意，一直以来是诗人乐此不疲的事儿。但是
很多人往往对生活除了抱怨还是抱怨，让本属于自己的
幸福一闪而过。如果让生活的不如意转换成另一种感动，
是不是就可以出现"所有诗人歌唱过的/鲜花、蜡烛和

爱情 / 都会在生活里复活"？

　　对美好事物的渴望，是每一个人内心的渴望，无论是内心自我的一种虚设，或者是因外部环境变化而变化的流动状态，我们任何人都不能避开关于想象带来的心理安抚和刺激。通过这首《生活》，我们可以对宝娟的诗歌的风格窥见一斑：

秋之恋

　　窗外，老花盆里茂盛的青草
　　披着优雅的长发
　　窗内，泛黄的宣纸
　　散发出扑鼻的墨香

风把柠檬色的阳光

吹得丰满

我坐在窗前

坐在自己躯体的欲望中……

色彩（色调）多样化，一直以来是女人心中敏感对应点，这是女性独特的辨别"是非"能力。比如：老花盆茂盛的青草。这里突然让我的心里酸了一下：衰老的疼痛感在时间的法条上格外显眼。诗人起句看似平和无意，其实内藏玄机。"老花盆里的青草，披着优雅的长发"，这难道不是诗人在回味年轻时的模样吗？但是，诗人并不想过多地让读者进入一种预测的阅读效果里，于是话锋一转，把自己淡淡的忧伤交给了眼前"泛黄的

宣纸"，转嫁到了柠檬色的阳光上。当我们把目光从诗
人忧郁的眼神中移到宣纸上时，诗人再次来了一个急转
弯：我坐在窗前，坐在自己躯体的欲望中。这种欲望
是对渐渐消失的青春的无奈，还是对生命的无奈？思
考与生活的错位、意象奇妙的叠加，呈现了诗歌从内
心到环境不停地变化，让诗歌内部有了"静水深流"
的在紧张感。

  我是这般地迷恋着

  这张纸

  它是我的江山

  也是我的舞台

  我用灵魂在上面高蹈地跳舞

行云流水般

这多么美好

　　沿着诗歌的脉络，可以窥见诗人内心苍茫和忧郁。没错，秋天是多么美好：果实、冷峻、萧瑟、坠落……是不是如同两个相爱的人经历的风风雨雨、起起伏伏呢？诗人再次呈现出一个内心的生活状态，在自己的理想国里渴望留下什么。当然，对于美好的事物，我们可以忘情，可以"忘乎所以"而不顾，哪怕只是一次想象和虚无的编制，也能让精神得到一次愉悦和饱满。宝娟这首诗歌通过远近、内外、虚实、冷暖技术手段，巧妙地利用借喻、转喻、暗喻的语言碰撞，最终与生活达成了和解。

九叶诗人郑敏说："从这里可以看出，诗歌不单单是一个人的抒情，她包含了哲学、自然、思想、在场、暗喻、象征等等多种内在思想艺术。"诗人宝娟通过自己对诗歌的体验，真实地验证这种说法。

岛

　　阳光，绵绵不绝地
　　在夏日
　　晒在岛屿和棕榈上

　　某年某日
　　没有云

只有风，轻拂落叶
雨后的红蜻蜓
犹如静默
豁然一闪，即迅速飞去

呼吸在酣畅的风光里
这时候天空
再也没有起点

在场写作，一直以来是诗人们谈到最多的话题。"在场"到底是什么？"在场"无疑就是对此时此刻正在发生的介入。"在场"也是时间流动的轨迹，诗人需要通过此时此刻时间流动的轨迹，对意象进行一次动态叙述。

通过"在场"的发生，我们可以看到诗人宝娟的《岛》是如何流动的："阳光，绵绵不绝地 / 在夏日 / 晒在岛屿和棕榈上"几个简单的词语，节制巧妙地呈现出了此时诗人的内心和环境的对话。每个人心中都有一个岛屿，这个岛屿也许是虚幻的、巧妙的、迷离的、模糊的，但是诗人宝娟通过内心的思辨，把一个虚幻渴望的岛屿，借助阳光、棕榈、落叶、蜻蜓这些真实存在的事件和词语，让虚无的岛屿真实了起来。随即，诗人跟着蜻蜓和落叶开始飞行、舞蹈、坠落，一点也不觉得虚无。尤其该诗最后：再也没有起点。多么奇妙，看似结束的句子，仿佛一下子有了动感，有了无法结束的高度。此时的诗人已经不是一个单立的旁观者，而是整个大自然里无法分割的一部分。也许是一只蜻蜓、一粒灰尘、一缕微风，在翩翩起舞，悠然自得地飞行。所以，已经没有了起点，我们只能不停地挥舞着翅膀。

　　诗歌既然是语言的艺术，那么它离不开诗人娴熟驾驭语言的能力，更离不开诗人独立思考生活、关注生活细微之处的内心。

西湖独坐

整整一个下午
我在西湖边
读书，柳枝摇曳
紫荆树的影子
被风吹得

凄美而寂寥……

　　宝娟的诗歌大多以小意象，生活所见，幸福恣意而书写，但也有通过内心思考和现实碰撞的生命体验的诗作。这些诗歌不仅有小情调诗歌的惬意，也有小意象大气象的诗歌。比如这首《西湖独坐》，让我起初对诗人的诗歌书写"偏见"，一下子就给打蒙了。这首诗不但在场感极强，就内心与环境的对话，诗人自我的提问，词语之间的转换调动，关注生命的疼痛感，一下子就形成了极大的张力和厚度。如果说诗人宝娟是一个慢性子，那么读者也不要心急，可以沿着诗人所指，继续向下阅读：

整个下午
我被反复地放回原处
鸟鸣在我的指尖
跳跃，帮我回忆起
过去渐渐清晰的
细节，而直到它们将我填满
我却仍然什么都没有
抓住

　　如果说，诗人的语言不够先锋，诗歌内部流动单一
浅薄，显然，我们是错误的。"我被反复地放回原处 /
鸟鸣在我的指尖 / 跳跃，帮我回忆起"什么样的敏感如
此能让鸟鸣在指尖跳跃？如此新奇先锋的语言让整首诗

进入了一种无法比拟、又完美地呈现在了我们面前的境地。大家注意，这首诗的第一节：在西湖。西湖的历史文化背景无需赘述，所以诗人就这个下午进行了自我与现实融合及交融。在一个下午，柳枝浮动，湖水粼粼，诗人一下子进入了一个自己都无法逃脱的美好虚幻中。在如此美好的境遇中（外部环境的变化：游客、呼喊、汽车、嬉闹，以及历史人物的虚拟出现），"我"穿越浮动的思绪不是因为其他，而是鸟鸣惹的祸，是它在帮我回忆、想象；是它让我虚无的内心饱满了起来，成全了我的到来和停留。所以，诗人说：细节，直到将我填满。这该是多么美好的"遭遇"？正当我们沿着诗歌的脉络享受这个下午时，诗人的一个出其不意，一下子就把我们心掏空了：我却仍然什么也没有抓住。突然，我们和诗人一起回到现实，回到了那个本不属于我们的故事之外。诗人宝娟诗歌巧妙娴熟的语言把控能力，利用虚实结合，由内到外，由远到近的不停转换，给予了这首诗歌极大的想象空间和内在的无限张力。这首《西湖独坐》是宝娟诗歌经验写作的佳作之一，也是值得赏析的一首佳品。这首《西湖独坐》虽然不长，但是宝娟独特的意象视角给予了诗歌多种维度和可能。

诗歌与其说是生活的发现，或者是一次意外，我想更多的是生活赋予生活的可能要比想象的多。作为女诗人，或者是作为女人，如何保留住青春，少女时代是不得不重复提及的。含苞待放，花骨朵，阳光的孩子……诗人宝娟也对自己心中的少女有特殊的诠释。

少　女

蒲公英飞舞
天空一片蔚蓝
田野里，越来越淡的风
开出一朵又一朵的
野菊花

夕阳的美
带着随意的缓慢
在一个少女清脆的笑声
与我轻轻汇合

蒲公英是诗人最常见借喻的意象，主要是因为它无法复制的飞行姿态和美好象征。虽然诗人借助了蒲公英，但是只是把它作为一个立体的景象（高度，或者一个分镜头），利用一个阔大、明晰的镜头推进，叫出来一朵又一朵野菊花。当然，诗人很聪明，她没有就事论事，而是给予了微风特殊的能力：越来越淡的风／开出一朵又一朵野菊花。如此巧妙的布局，"颠倒是非"的反逻辑，一下子就让"少女"这个无法留住的时代留了下来。此时，好像诗人并未因为因果颠倒的转换沾沾自喜，而是继续她蒙太奇的奇思妙想：夕阳的美／带着随意的缓慢／在一个少女清脆的笑声／与我汇合。多么轻盈飘逸呀！这首诗，诗人宝娟通过天空、田野、飞舞、花朵，完成了一次诗人与少女的汇合、内心与现实的相认。

诗人宝娟是一个驾驭生活的高手，也是发现生活、感动生活的普通人。她的诗歌大多从生活出发再回到生活，看似平实普通，其实静水深流。所以说，她的诗歌就是赋予生活诗意的多种可能是不为过的。

　　就宝娟的诗歌文本来说，还是有很大的进步空间。比如：诗歌词语之间的矛盾构建不够，内在张力还不是很强大，意象与意象之间叠加意识稍显牵强，诗歌疼痛、黑夜意识、语言思辨柔软、诗歌内部运动感不强等。但是宝娟的诗歌中也不乏好诗，比如：《西湖独坐》《樱之诗》《岛》等等。宝娟的诗歌避重就轻的能力，是很多诗人不具备的，包括她娴熟的诗歌语言驾驭能力和掌控能力。

　　当写完这篇一面之词的赏析（也许误读。误读是

  蔷薇的心事

诗歌外延的可能，也是诗歌内部张力发现了宝娟诗歌的内核），此时，已经深夜，闪烁的繁星和几扇亮灯的窗口，和我一起阅读了宝娟诗歌意义的真谛。

于河南省舞钢市颐景蓝湾

2016年11月18日夜

写在扉页

躲在深秋里
你聆听远处
不确定的鸟鸣
阳光刺破露水
懒洋洋的

你在一朵蔷薇里
询问
落叶、涟漪和微风

无数瓣花散开了
在阳光里
它们又重逢
身上沾满
咖啡的味道

我写作

写生活，欢乐
真诚和死亡
写新生
写生命唯一的意义

写作中
我感受整个世界
而忘记了
我也可以像济慈那样
映在一滴水中

蔷薇的心事

在芊园（组诗）

1

在芊园
我是坐在旧时光里的女子
在绣球花里
寻找前世回眸的
书生

木栏杆，比我多情
纤细的纹路变换出
肌肤的温暖
而寻迹而来的蜗牛
带来了可怕的沉默

有谁知道，那壳里的世界

是否也沉重

如睡莲上的露珠

如露珠般剔透

而我的眼泪

追随你打马而过的秋风

化成蝴蝶

潜入你尚未醒的梦中

2

光的影子顺着枝蔓

爬上清凉的泡桐树

这雨水中的寂静

多美！

比寂静更让人心动的

是芊园的下午时光

天竺葵刚刚吐蕊

那血色让蝴蝶

也怦然心动

而蜜蜂越过秋千

停在了

静止中

蔷薇的心事

3

睡莲上滞留的
是昨晚流过泪
它晶莹璀璨
在阳光的反射下
把愉悦
又还给我

人世的情绪
你迁怒过的人和事
何尝不是如此
就像你手执剪刀
为蔷薇修剪枝叶
却全然没有想到
它会扎痛你
让你在血液涌出来的那一刻
想起
心动

4

其实我更喜欢
微观世界
当光线照进内部的隐秘
呈现出来的
都是你从未有过的惊喜

金黄色的蜗牛
毛茸茸的根茎和
芙蓉花绿油油的叶子
被倒映在露珠的
晶莹里
就像梦
还有那些被
困在你看不到的
神秘的张力里
不知名的小虫子
一切都是那么美妙
让人舍不得触碰

薔薇的心事

5

我不知道如何去
应对，这群淘气的孩子
你们在我侍弄的园子里
撒着欢地替我去
追逐蝴蝶
对于美好
我其实也是一样
那些追逐过的迷幻的
不属于自己的东西
曾经是
那样张牙舞爪地
横在我和父母的面前
而现在
它们却像
地上撒落的花瓣
被阳光
晒出了疼痛

6

周邦彦诗中的

"纤手破新橙"

此刻亦可以用在芊园

你喜欢桔子的清香

更甚于掰的过程

你把它们慢慢掏出来

切断脐脉和桔子皮的联系

让它们成为独立的个体

你并不吃它们

而是放在阳光下

让那些多肉的瓤

呈现出血的颜色

你抚摸它们

就像抚摸当初

从母亲体内掏出来的

自己

蔷薇的心事

7

阳光刚刚好
它从透明的玻璃盅中
折射进来
让香醇变得绵厚
你坐在茶桌旁
听古筝里涌出来
叮咚流水
此刻，适合当垆卖酒
可惜的是
没有司马相如
我也不是卓文君
闭上眼睛
你深呼吸
四季桂沁出的香味
恰恰可以消挡
前几天在北京
吸进的雾霾

8

芊园的月亮
此刻，也在俯视
那个仰望夜空的人
她洁白，明亮
带着我也有的瑕疵
高傲地朗照人间
蔷薇清冷
紫藤萝羞涩
所有的花和美丽都被
笼罩在硕大的镜子里
包括那些愉悦和
我们在镜子中的
相视一笑

9

我不愿意挤在人群里
瞧见自己
瞧见自己在人群中

消失的脚
我不愿意站在人群里
瞧见自己
瞧见自己的和他们相同的
被涂成统一颜色的脸
而在芊园
即使是因为惩罚
我都会是
一颗与众不同的树
即使是沉默
都不会
孤独地老去

蔷薇的心事

风的记忆

山色冷峻
油菜花追随霞光
一路开过去

我们没有杂念
阳光也是
转身，它就把
两只翩翩起舞的蜜蜂
照成了
陌路

雨　湖

晨风吹皱水面
也吹皱天空
那朵孤云
丝绸一样光亮

雨湖如一面镜子
照着露出水面的鱼
也照着荷花
小憩

像草是绿的一样欢欣

天色清朗
阳光下流动的馥郁香气
一切都在你面前打开
在纸上
绿一样的欢欣

在我的记忆
蟋蟀正在午睡
水波荡漾的童年
到处都是你
金色的身影

恋 人

晴空下
紫藤
倚着白墙

不远处
一朵闲云
像落叶一样

飘在
阳光的
絮语里

在旷野

落日的余晖
经过一条不知名的小河
轻柔地
落在我头上

面对如此空旷的
草原，我比群星
更加茫然

蔷薇的心事

轻

下了一夜的雨
庭前，荷叶上
露珠滚落
阳光淡淡的

紫云英扑鼻而来
尘世间，有太多偏执和重
轻微一摇晃
就飘远了

知　音

有鱼，遗忘在水中
有梦，向我游来
那尾银色的鱼
我把她
放进这片湖水
就像
我把你还原到
生活里

曾经那么多的爱
就像这些热爱生活的鱼儿
都游了过来，她们缓慢而且优雅地
打着泡泡

那个女孩和她男友
沿着街走去
就像那尾鱼
消逝在梦中

空椅子

洋槐在黄昏的庭院
收集了所有鸟鸣

一束孤独的光线
纤细得宛若水面

云雀窜到高处
夕阳投下她的影子
像回忆一样温暖

那张椅子静静地站着
而落叶
坐在他的上面

蔷薇的心事

蔚　蓝

天空、湖泊
窗户和我的近况

我都可以把它们
想象成蔚蓝的荷花
在我的镜头里
度过新季节的
鸟鸣
刷新着每一缕阳光

这个午后
我赤着脚，俯下身子
轻轻模仿一尾鱼的呼吸

一个场景

不远处的马路上
我看见一匹小马照镜子

它的眼中：矢车菊温暖
夕阳，把昨日的忧愁
从肋骨里掏了出来

我的身体轻盈得有些空旷
那时，我正在揣摩一句诗
但我似乎已忘记
如何去诉说一个动词

落叶知秋

平湖，独眠的古城
在浮云之下
波澜不惊

走在街上
我们心情轻松
雨后初霁的阳光
晃动
你的一笑一颦

天空、最后的飞鸟
被金黄的落叶覆盖
飘落在秋风之外

蔷薇的心事

茶　语

我在秋日，绝佳的阳光里
读柏拉图

脑海里的诗句
像野花一样绽放
在茶里绽放

我深信
一只鸟儿的啼鸣
闯入我的思绪
这份美好来自于
茶的感恩

一个比方

花开，红色盛大，
　"开得美，开得美。"
我在女儿的欣喜中，
寻找比方，
女儿说：
　"就像是在那儿跳芭蕾。
跳芭蕾？——跳芭蕾！"

我赞叹——
长长的赞叹里，
许多比方都黄了。

喜　悦

夏天的傍晚

院子里的柠檬树下

阵阵荷香踩着

暖暖的防腐木

陪我就着茶点，看书

铜钱草在

女儿灿然的笑声中

有彩蝶

飞出

蔷薇的心事

爱在深秋

这静美的秋天

街道上铺满梧桐树的叶子
秋风轻柔地替我
打开诗集

妈妈打来电话
她的声音里
有我暖暖的喜悦

这让我爱上这个秋天

秋 野

日落之后，在橙红的霞光里，
我梦到故事中的海洋，
我试图想象：
田园、稻草人、飞鸟、远山，
炊烟里，
布谷鸟声越来越细，云雀、蟋蟀更加清晰。

"我太晚来到这个世界。"[1]
你紧抿双唇，在一列火车，
穿过秋后的旷野中，
保持缄默。

---

[1] 引用法国诗人弗朗西斯·雅姆的诗句。

蔷　薇

暮春时节
那簇叶子里
你能闻到蔷薇和阳光的清香

摆上花茶、点心
和渐渐老去的朋友
在几颗咸干花生里
看天空由浅变深
细数那些年一起走过的
时光，一切依然那么美好
干净、温暖
就像当初

薔薇的心事

这一天

秋高气爽，云朵安详
野菊花小心地举起自己
狗尾巴神气地跟着阳光
跳进我的相机

影子也不甘寂寞
在这容纳缱绻的方寸天地
为我砚墨，为我的内心
浓一笔，淡一笔
画出千转万回的心曲

这一刻，面对美妙的画面
干净的灵魂、永恒的瞬间
我们真的应该感谢上帝

西湖独坐

整整一个下午
我在西湖边
读书，柳枝摇曳
紫荆树的影子
被风吹得
凄美而寂寥

整个下午
我被反复地放回原处
鸟鸣在我的指尖
跳跃，帮我回忆起
过去渐渐清晰的
细节，而直到它们将我填满
我却仍然什么都没有
抓住

樱之诗

樱花时节，雨是绿的
绯红的花瓣
在奇妙的热情里燃烧

我的血液里
灵魂是一只蜜蜂
发出嘤嘤之声

简白的时光

珍惜生命之书的每一页时光

——题记

花园里柠檬色的阳光是满的
两只小狗陪我到树林散步
天空中云朵舒展着
蝉鸣嘹亮

没有浮华的节日
柔美的蒲草在心灵一角
被晚风和寂静的湖水
吹动
咖啡香浓的夜色里
我什么也不希求
只是愉快地享受这简白的时光
我们相伴着度过了
又一个美好夏季

  蔷薇的心事

芋园

轻轻摇动的栀子花
风热忱地吹拂着的荷叶
紫藤罗，像一条紫色的罗带
垂下来
迎风飞舞

初夏的清晨
陶醉在咖啡的香气中
坐在椅子上
静静地读喜欢的诗集
感觉是这一生
最圆满的事

蔷薇的心事

初 夏

闷热的六月
我爱上了栀子、秀竹、蔷薇
它们把清凉、遒劲和静谧
洒落在我的发梢上

风儿摇着荷叶和蜻蜓
飞过来
告诉我
夏日舞蹈的快乐

呓　语

初夏

我把

陌生的风景

写在

寂寞上

蔷薇的心事

早　晨

早晨六点的花园，雾气
赤着脚在院子里满地跑，它清浅地
蹭过我的脚踝和小腿
像只温顺的小猫

面包带着烤箱的温度在舌头上要赖
牛油最懂我的心思
在勺子背上露出一点点淡黄色

太阳出来了，天空对着蓝说话
给花池里的小人儿浇水

我牵着狗儿溜弯
在这个早晨
以此来结束黑夜留下的
漫长而诱人的寂寥

蔷薇的心事

莲　叶

凉爽的雨季
圆圆的荷叶上
荷露旖旎
在轻轻吟唱

大雨过后
阳光把
枝头缀满的瓜果
和铜钱草绿莹莹的心事
在风中
悄然吹落

秋　日

野菊花
盛开在落叶飞舞的路旁
秋影里
空气呈现了一种格外简单的
美好

中秋夜

今夜的烛光、灯光、月光
照亮了大地，打在
我的掌纹中

我们围在石榴花肆意盛开的时刻
品尝月饼，削减
每年都熟悉的诱惑

故乡快乐的童年
长大后期盼许久的爱情
都被重新带到这里
我们长大了的孩子，她在月亮下许着心愿
还未到谈情说爱的季节
但她一定默念着，某个人的体温

蔷薇的心事

幸福时刻

我无尽地迷恋着这一刻
天空，小狗，此刻的柠檬树
让我快乐、富足，拥有一生

从拂晓到薄暮
阳光充足
优于一切过去的诗
幸福拜访我
她说：看看这位女士
她比我幸福得多
她扬起手的时候
那些完美的爱情
让我爱上你，柠檬树

流　年

中秋临近

我极其有幸地

在纸的地图上继续穿梭

借着这说长不长

说短不短的

匆匆数年

在惊鸿一瞥中

看到了

另外一个世界

斜　阳

斜阳、苇影
将我框入傍晚的湖畔

小狗享受着安静的时光
它刚洗不久的绒毛
让世界变得轻盈

微醉的风
望着天边的云彩
试图替我
将美好拭去

蔷薇的心事

梦中脱缰

阳光在水上打盹
一池荷花耀眼地展开
日子从荷叶上淌过
晶莹，流逝掉又一个
九月，我爱的夏天
在等待下一个轮回
落叶款款的秋日
在我的梦中飞驰

常春藤

秋天
脉络清晰地
绿满了一整面墙

野　菊

寂静的院子里
一群小丫头
旋转起来了

蔷薇的心事

咖啡 · 光影 · 诗

咖　啡

在晨曦苏醒时
在午后小憩后
在万籁俱寂的夜色里
用香浓和奶、糖、水果片
完成每一次完美的拉花
而另一种美好
让苦涩里包容甘甜
让甘甜中迸发焦香
让焦香中蕴藏着芬芳
犹如世事辗转

一杯明亮润泽的咖啡
热腾腾地在口中

浸润齿颊，徐徐咽下
粗劣的日子和硬度融化了
我的心先于我抵达完美
守住那一缕芳香

光　影

天空亦晴亦暗
画面中
有金色的阳光

清风、鸟语、流云
切换着叶子的镜头
在手掌和掌肌之间
时光
从忙碌中逃脱

另一个维度里
我是一只缓行的蜗牛
在飞逝的光影中
化成了一片云、一朵花、一只飞鸟
每一个池塘、每一条小溪、每一尾金鱼

蔷薇的心事

都充满了力量
每一个瞬间都定格了

在我出神的一小会儿
新的秩序出现了
镜头里
世界那么新鲜
那么美好

诗

我读诗，亦读画
在暖暖的秋阳里
从低处的尘埃里
找到光
找到梵高的星空和
夏加尔的小镇

我在不同的季节里寻找奇迹
穿行在不同的时空
从日渐丰满的天色里
看见纷纷扬扬的落花

爱，是如此简单
我怀揣敬慕之心
对一些美好事物
保持沉默
而不去打扰
夕阳下
小草的莞尔一笑

时光静寂流逝

辽阔的天空
云朵缓缓游动
阳光在一片向日葵里
仰起了
千万张笑脸
我放下相机
轻轻闭上眼睛
像一个逃学的孩子

台风过后（一）

早晨，我在花园清扫
看见一朵花儿满脸的哀伤
它向我诉说了
另一朵未绽开的花，怎样在瞬间夭折
它是那么漂亮，充满朝气，然而……
它讲着讲着就哭了起来，我发现
它落下的眼泪比我们人类
浓得多
我想宽慰它几句，可一个人
该如何宽慰一朵花呢？

台风过后（二）

　　"海马"过后
　　两棵多情的柠檬树
　　都对着自己的影子
　　落了几个小时的泪

秋之恋

窗外，老花盆里茂盛的青草
披着优雅的长发
窗内，泛黄的宣纸
散发出扑鼻的墨香

风把柠檬色的阳光
吹得丰满
我坐在窗前
坐在自己躯体的欲望中

我是这般地迷恋着
这张纸
它是我的江山
也是我的舞台
我用灵魂在上面高蹈地跳舞
行云流水般
这多么美好

蔷薇的心事

荷　叶

一点
小小的、打着卷的指尖
张开、再张开
变成一只绿手掌
阳光在上面小憩
蜻蜓在上面跳舞
可爱的雨点、露珠们
在上面发呆、打鼾、溜冰

当然，还可以
让蜗牛在下面纳凉
让青蛙开始歌唱

书　店

秋天的脚步

散步到老街末端

渐渐停息的风陪我

在一间书店闲逛

多么令人愉悦的书香啊

闭上眼睛

我开始想象这个秋天

和它的色彩

一些时光在翻腾之后

撞击出清脆的声音

好像寂静

蔷薇的心事

生　活

阳光照进窗子，我开始
制作早餐
咖啡、糕点、水果拼盘
翻开新的日子

我每天都这样享受着花香鸟鸣
享受着干净、质朴的时光
我悉心对生活摆出新花样
不曾厌烦地和他一起品尝

所有诗人歌唱过的
鲜花、蜡烛和爱情
都会在生活里复活
它们比诗歌本身
更加令我回味

蔷薇的心事

少　女

蒲公英飞舞
天空一片蔚蓝
田野里，越来越淡的风
开出一朵又一朵的
野菊花

夕阳的美
带着随意的缓慢
在一个少女清脆的笑声
与我轻轻汇合

风景速写

群山孤独
云彩、植物、街道被风抽打着
小松鼠跳跃在银杏树上
我看到熟透的果实"扑通"一声
落
下

蔷薇的心事

随拍的秋天

一个阳光温暖的早晨
停下车，我走入秋野
瞥见荒地上一朵花
挺着饱满的蕊瓣
轻风吹拂，蜜蜂
微舞着翅膀，停在上面
发出美妙的和声

多么迷人的气息啊
这些朴素的花
它们一直要开到深秋——

蔷薇的心事

秋

我从一滴干净的露珠里找寻
一片枫叶
我蹲下身来，把涟漪踩在脚下
这秋日的阳光
泛出的微澜
是这样温暖、悠然

我迷恋上落叶上的
一朵阳光
我用刚学会写诗的笔
留住了这一刻的思恋

无人打扰的清晨
蝴蝶从斑斓的梦中
苏醒
炎热刚走，而寒冷尚未来到

午　后

草木丰茂
阳光浓郁、大地安详
狗狗们趴在门口
摇尾巴、叹息、打盹

柔软的身体里藏着幸福与痛楚
秘不示人

花园里，一朵菊花
高傲地不言语
这个秋天的孩子，保持着与生俱来的
固执与清高

我来到我的小木屋
打开窗户
为自己泡上一壶普洱
看见时光
在香茗里
一步一步踏过心头

在水之湄

阳光宁静
栅栏里
有小鱼游动的影子
有风吹动
河水泛起的涟漪

在一棵柳树下
水鸟腾空而起

你的目光
在烟的静谧中
跳跃着
返回自己
慢慢耕作的一生

蔷薇的心事

美妙秋日的早晨

天空是一床
绣满了桂花的纱帐
灰毛菊闪烁其中
走进旷野的白杨林
闪烁着绿色的欢欣

清晨
我在树丛掩映的林间小径上
漫步
金灿灿的树叶写出了
琴音一样的诗

厚重的天空下
树林间弥漫着
蓝色雾霭

九　月

明月高悬
一轮寒光在
松针里颤抖
雨后的云杉，把群山的影子
摇晃到我的心间
四围的景色如此寂静
诗样的夜晚，轻暖的风，
在忍冬花的香气中浮动
倒影在湖中的月亮
让夜色在
黑夜和黎明之间加深

春日小镇

春风荡开闪电
我们在栏杆外
在僻静的小镇上
窃窃私语

湖水像一面镜子
飞鸟投下
它匆忙的影子
而窗外
雨打油菜花
一片盛开的金黄
正迅速飞离
这渐渐烂熟的天气

蔷薇的心事

隐 喻

黑色的波浪上
棕榈不过是
想象中的风景
而想象的尽头
它所呈现出的虚无
那种纯粹的力量
在词的边界
如同风在林间
缓缓移动

一缕剔透的光
在屹立中沉思
那里没有欲望
没有暴力
只有深深的厌倦
就像
坚硬的天空下
棕榈才是我
最真实的内心

凌乱之美

红浆果、蓝鸟
与我一起
生活在地球上
绿地板与云的想象
在柏油路两旁
长出鲜嫩的叶子

如此狭小的空间
我们需要用微妙
来填满自己

星星经过低矮的云杉林
萤火虫把白昼的景色
成吨地掷回太阳——

我用一种凌乱
与你同行
并用我的影子遮住你的

我喜欢写诗的荒谬

每一滴墨水滴进去
都是消隐在人群里的
一颗星星
每一朵玫瑰画出来
都有一颗桀骜不驯的内心
魏尔伦、托尔斯泰、毕加索
他们高冷地悬挂在天上
代替那些缥缈的星辰
让山川、河流
周而复始地循环
即使是那些最深的
离天空最近的峡谷
它们驾驶的云
在我的诗里
也一定是荒谬的

蔷薇的心事

迷　恋

常青藤爬到门上
阳光催熟瓜果
稍过一会儿，咖啡就好了
我走出门就会听见鸟叫

阳光落入树林
我喝一口咖啡

美好的瞬间
我的生活有你们
还有咖啡和小狗
在这一刻，远方处一棵小树摇动着微风

这午后

躺在清凉的石榴树下
我获得一座岛屿和
十月的轻风

梦里的书被吹落
一只蝴蝶停在上面
那种美让我眩晕
就像我的灵魂里的
红石榴

一只鸟在阳光中漫步
它的步履比我轻盈
而四周除了我的呼吸声
一片寂静

  蔷薇的心事

水　色

蝴蝶飞舞。风中的草起伏
金色的葵花围起茅屋
水边翠绿柳树，不近亦不远
白云影投在林阴道上
午后的时光还在来时的路上

蔷薇的心事

晨　昏

一片落叶飘落，接着另一片
多么美，白日向着蓝色的天际膨胀
我们被矮草抱着，天空的浮云
望着寂静的山峰
我们谁也没有出声

爱是一抹云霞

等到雨晴之后，我才开始启程
从一只蝴蝶飞舞在阳光里开始
我隐藏自己

像一朵明亮的花
崭新的往事
令我困惑，旧信残缺
始终轻声细语，毫无回头之意

过去的路已经渐渐生疏
我对人间的一切早已了然
穿过澄明的天空
一只鸟儿寻找到雪亮的脚步声

音　乐

尘埃中
一束白色的光
温暖着自身
水浪——
我的心在沸腾
时光柔软

船舶消失了？
我感觉到黑夜的气息
心灵的气候风
融化着我和月光

夜幕的鸟翼轻薄
晚星舒适地
啜饮着
玉兰花香

如此慢的光

盛开的花朵
从指缝间
慢慢延宕
如此慢的光
把微风和阴影
通通收拢

我们经历
无数次重逢
并在
某些场景
反复重复它

那些在路上的日子
如此轻，如此柔
就像过滤后的眼神

独　白

瞬间老去的天空，疾
如子夜绽放的日光兰
"面对大海！"
三叶草安静
如我的梦

你星星一样的眼睛
请闭上它

时光在你赤裸的
胸腔上
休息
云雀的欢唱
湿润的花香。

薔薇的心事

空与满

我再也不需要眼睛和耳朵

自从遇见你之后

你好，冬日

林阴小道上
一只鸟发出
明亮的鸣叫

（此刻，阳光葳蕤，
温暖是多么珍贵。）

漫步冬日的街道
我眨了一下眼
一朵往事
从枝头落了下来失去

蔷薇的心事

黄　昏

草坡轻盈得就像风
你常说的
洁白的雏菊
又开了

这么蓝的日子
我内心
与天空一样湛蓝
最不可思议的瞬间
和天空一起
涌动

远方
闪烁的鸟群
把我的淡泊
停留在
云霞和旷野之间

冬日独白

大地安睡
她的身体里藏满风暴
百香果在里面荡秋千
一种声音
进入她的血液
甜蜜而又强烈

我听到自己的灵魂
被敲响——
那些笨拙的诗句
就像脆弱的骨头
穿过小花园
裹挟着琐碎和
积存已久的温暖

它们在语言之外
帮我呈现出
诗的体温

不 见

只影东去
不见千山暮色
站在暮色尽头
我看到
绿色的叶子
在水面上漂
那灰白色的画面
让故乡的山和
我的内心一样
陡峭

蔷薇的心事

异 乡

雏菊
洁白、绚丽的雏菊
一朵。一朵的,
在夕阳的眼睛里
明亮得有如晚霞

背对世界
我在余光的影子里
看到
紫荆花烂漫
木棉花妖娆
那些缭绕的红色
多像这些年
我在异乡
无法承载的梦想和
忧伤

焚　香

月色多么清晰
它把你
捏成山的样子
而我的心
却如海水的波澜
迎着风

有时候
美好
简单得其实就像
你在我怀中
而我却在天上
飘

有风的日子

一个人
踱步在河岸
倦秋的黄昏
像飞鸟一样
温暖我的骨骼

晚风舒缓
它在暮色中钓起
古井边
深浅不一的绿

远处
歪斜的篱笆上
长满紫藤

蔷薇的心事

我用沉默爱着你

我用沉默爱着你
静静地在无人的字典里
用语言
修复你的明眸

我学着让词语变柔软
在黄昏
用欢快的曲调
写下有你的诗

雪

雪铺满了天空和大地
那些青垂过的日子渐渐老去
练习了无数遍，我还是无法
将你忘却，也无法顺其自然
纯白的心空荡荡的，厚重而脆弱
心底重要的事被烦事耽搁
我们总是在寻找借口
总是试图拖延时间
当太阳穿破云层，但愿那时
你从我心底来
并且被我完美遗忘

新年诗

盛大的日出染红
新年的早晨

春风赶来
替我羞红了脸

不远处的鸟鸣脆亮
我在她们的故事里
听到灿烂的阳光

这让花园里的咖啡
变得心旷神怡和无限
美好

鹿

鹿，正优雅地
穿过我的身体
它在我的心房里
不停地荡漾

浮生之余
入睡之后
银光闪闪的记忆
替我
洗劫了
天上的明月

在鹿的尽头
我的梦中：到处都是
你变成的山水和
星月

柔 软

桃花掩映的小城
在暮色中柔软
群山恍若青苔

云朵摩挲
在耳际
时间仿佛多余的

薔薇的心事

岛

阳光，绵绵不绝地
在夏日
晒在岛屿和棕榈上

某年某日
没有云
只有风，轻拂落叶
雨后的红蜻蜓
犹如静默
豁然一闪，即迅速飞去

呼吸在酣畅的风光里
这时候天空
再也没有起点

云

秋日静美
云中的楼阁
召唤出
金光闪闪的鸟
它们在晚晴的旅途中
替我抚摸
你的脸

撩人的云
在聊天的时候
变得羞涩
宛如初见

"你应该从起点
而不是终点
来看我。"

我们在各自的旅途中
如风

宠辱不惊

1

日子是洁净的，飞鸟
在空阔的湖面上如释重负

木槿花开了
我想起了一件久违的心事

满目秋色的大地
溢满暖色的调子

2

灰色的鸟群远去了

落日照亮整个傍晚

天空中彩色的风筝
跟着一片微笑的云

菊花闪烁着锃亮的黄色
在我心里嘎嘎作响

3

我倚着栏杆倾听着风
无垠的夜空繁星闪烁

在一览无余的时光中
我的生命是记录幸福

咖啡、小狗，还有你
缺点都一样栩栩如生

尾　声

你常常说春日的云最柔软
落入身体的天空，自由舒展
我的影子立于墙角或屋檐之上

阳光并不吝啬。越过墙来的
鸟儿在我的镜头里梳理羽毛
世界完全置身于一种秩序

院子里，茶香争先跑出
更圆润的事情，删繁就简
我走向柔软深处，时光不发出声响